『씨앗바구니』, 『거북선 찾기』, 『지하철을 탄 고래』 중에서
그림 **최영란**

호수처럼

푸른사상 동시선 24

호수처럼

인쇄 · 2015년 5월 11일 | 발행 · 2015년 5월 15일

지은이 · 정은미
펴낸이 · 한봉숙
펴낸곳 · 푸른사상
주간 · 맹문재 | 편집 · 지순이 | 교정 · 김수란

등록 · 1999년 7월 8일 제2-2876호
주소 · 서울시 중구 충무로 29(초동) 아시아미디어타워 502호
대표전화 · 02) 2268-8706(7) | 팩시밀리 · 02) 2268-8708
이메일 · prun21c@hanmail.net / prunsasang@naver.com
홈페이지 · http://www.prun21c.com

ⓒ 정은미, 2015

ISBN 979-11-308-0404-0 04810
ISBN 978-89-5640-859-0 04810 (세트)

값 11,000원

푸른사상
동시선
24

호수처럼

정은미 동시집

푸른사상
PRUNSASANG

어린이들에게 뜨락 하나 갖게 해 주고 싶어요

요즘 뉴스를 보면 무서운 이야기들이 사회 구석구석에서 쏟아져 나와요.

자식이 부모를, 남편이 아내를, 군대 선배가 후배를 때리고 목숨까지 앗아가 버리는 끔찍한 일들이 끊이지 않고 나오지요.

'왜 사람들이 저렇게 잔인해지고 악해질까' 마음이 슬프고 답답할 때가 많아요.

얼마 전 어린이를 사랑하고 돌봐 주어야 할 어린이집과 유치원 선생님이 어린 동생들을 주먹으로 때리고 컴컴한 방이나 화장실에 가두고, 들어서 내동댕이치는 모습을 봤을 땐 정말 화가 났지요.

어른들 마음이 메마른 땅처럼 굳어져 생각과 행동 그리고 정서까지 억세져 가는 것 같아요.

무엇이 마음을 말라 가게 하는 것일까요?

아니, 어떡하면 마음의 땅을 부드럽게 만들 수 있을까요?

그건 '좋은 책을 읽을 때'라고 생각해요.

아름다운 글, 감동 있는 글, 재밌는 글, 상상력을 주는 글, 기쁨을 주는 글, 꿈을 주는 글…… 이런 책을 늘 가까이하는 사람들이었다면 저렇게 마음이 메마르지는 않았을 거예요.

나는 우리 어린이들이 나쁜 어른들 때문에 상처받지 말고, 밝고 건강하게 좋은 감성을 가지고 잘 자랐으면 좋겠어요. 좋은 감성을 가지려면 좋은 책을 많이 읽어야 해요.

그중 동시집은 어린이들에게 좋은 감성을 줄 수 있는 아름다운 책이지요.

동시는 마음에 뜨락을 하나씩 가질 수 있도록 만들어 줘요.

동시엔 감동의 씨가 들어 있고, 생각의 씨도 들어 있고, 웃음의 씨도 들어 있고, 위로의 씨도 들어 있고, 상처를 감싸 주는 씨도 들어 있고, 사랑의 씨도 들어 있고, 함께하고 싶은 마음의 씨도 들어 있어요.

그 씨들이 마음에서 싹이 트고, 자라면 아름답고도 풍성한 뜨락이 되는 거예요.

이런 뜨락을 가진 어린이라면 어른이 되어서도 마음의 뜨락을 잘 가꾸리라 믿어요.

그러면 더 이상 나쁜 사람들이 없는 안전한 세상에서 그다음 세대의 어린이, 또 그다음 세대의 어린이들이 건강하고 행복하게 살 수 있을 거예요.

그런 간절한 바람을 담아 동시집 『호수처럼』을 여러분께 전해요. 읽는 모든 어린이의 마음에 풍성한 뜨락 하나 갖길 바라요.

동시집 발간에 힘을 주신 출판사 푸른사상과 나의 동시에 애정을 보여 주신 많은 선생님들, 그림을 그려준 어린이들에게 감사드리며, 끝으로 하나님께 모든 영광 돌립니다.

2015년 3월
어린이를 사랑하는 정은미

제2부 석홍이의 눈물

나라면 자랑하고 싶어 입이 근질근질할 텐데

제1부

호수처럼

호수처럼

넓은 하늘을 갖고도
높은 산을 담고도

물소리 하나 내지 않는
호수야!

나라면
자랑하고 싶어
입이 근질근질할 텐데.

참, 이상하지?
네 곁에 앉아 있으면
내 입도 조용해져.

신승연(광남초 5학년)

함박눈 표지판

바쁘다, 바빠.
빠르게 달리던 차들에게,

바쁘다 바빠.
숨차게 뛰는 사람들에게,

'펑펑펑!' 하느님이
함박눈 표지판을 세운다.

금세 차들이
속도를 줄인다.

금세 사람들도
속도를 줄인다.

천 · 천 · 히,
천 · 천 · 히…….

김선민(양진초 5학년)

겨리를 끌고

두 마리의 소가
겨리를 끌고 흙을 일굽니다.

앞발, 뒷발
앞발, 뒷발

천천히
천천히

누가
구령 붙이는 것도 아닌데

두 마리의 소,
한마음으로 일합니다.

옆에서 보던 송아지도
앞발, 뒷발
따라 합니다.

* 겨리 : 소 두 마리가 끄는 쟁기.

가까이 가까이

— 태풍이 온대

바닷가 선착장에
크고 작은 배들이 모였다.

— 가까이 가까이
절대 떨어지면 안 돼!

단단히 몸 붙이고
숨고르기 한다.

한 식구

한강에
물오리 세 마리가 간다.

한 마리가 뒤처지면
두 마리가 기다리고

두 마리가 뒤처지면
한 마리가 기다리고

모였다 흩어지고
흩어졌다 다시 모이고.

누가 봐도 틀림없다
한 식구라는 게.

류하진(American School of the Hague 2학년)

틈 사이로

개미가 들락날락
거미가 오르락내리락

햇살이 들어오고
바람이 나가고

노란 민들레
덜 외롭겠다.

어둔 창고 안
구석에 있어도.

사과

겉은 빨간 해를 닮고
속은 노란 달을 닮고

낮엔 해가 키워서
밤엔 달이 키워서.

문채영(광남초 5학년)

봄을 데리고

봄이
할머니를 부른다
들판으로.

쑥
냉이
돌나물……
바구니 가득 안고

이번엔 할머니가
봄을 데리고
집으로 들어온다.

머리카락 씨앗

누가 뿌려 놓았을까?
까만 머리카락 씨앗을.

아가의 까까머리에서
쏙쏙 올라오는
머리카락 새싹들.

어느새
작은 숲에
까치집 하나 생겼다.

이하진(British School in Netherlands 3학년)

봄 나무

나무눈마다 연한
새 부리가 돋아나요

나무에 귀 대면
새싹들이

쪼로롱 쪼로롱~
짹짹짹~
찌릉찌릉~

지저귀는 것
같아요.

* 나무눈 : 봄에 나뭇가지에 싹이 나는 보풀보풀한 부분.

박예준(토평초 2학년), 박예본(토평초 5학년)

고추벌레

아침밥도 고추
점심밥도 고추
저녁밥도 고추

고추만 먹는
고추벌레

살짝만 만져도
손에서
매운 내가 날 것 같다.

장윤서(동자초 4학년)

빗방울

빗방울에겐
병아리 부리가
숨어 있나 봐

톡!
톡!
톡!

빗방울 다녀간 자리
옴폭, 옴폭
흙 파인 것 좀 봐.

소나기

한밤중
잠이 깼다

투두두두두 탁 투투투투……

쫓고
쫓기나 보다

비 발소리가
요란하다.

눈의 눈물

밤부터 몰래
많은 눈이 몰려와

나뭇가지들 부러뜨리고
비닐하우스 무너뜨리고
차들 부딪히게 하고
사람들 넘어지게 하며
짓궂게 놀더니

"요놈들!"
해가 눈을 부릅뜨자

— 잘못했어요, 줄줄줄
— 미안해요, 줄줄줄

온통 길이
눈물로
질퍽, 질퍽.

김지윤(고명초 5학년)

물수제비

통 · 통 · 통 · 통 · 통······.

빠질까 봐
그렇게 빨리 뛰어가는 거지?

그래서 네 발이
안 보이는 거지?

겨울나무

"여태 일하느라 힘들었지요?"
"이제 좀 쉬어요."

바람이 다녀가고
비가 다녀간 뒤

나무는
잎들을
다 내려놓습니다.

이제야
파란 하늘을 봅니다.

책상 밑에 들어가 눈물을 닦는다

제2부

석홍이의 눈물

내려놓다

바쁘던 아빠가
바쁘던 누나가
바쁘던 형이
바쁜 것을 다 내려놓았다.

그동안 보지 못했던
그동안 듣지 못했던
눈과 귀가
온통 쏠린다.

엄마가
병원에 입원하는 날.

똑같은 박수

체육 시간, 달리기를 한다.
일등으로 들어온 명수
'와~ 짝짝짝…….'
아이들의 함성과 박수 소리가
운동장을 흔든다.
명수의 어깨가 으쓱해진다.

'와와~'
더 높아진 함성과 박수 소리,
명수가 돌아보니
다리를 절룩거리며
정우가
꼴찌로 들어온다.

석홍이의 눈물

석홍이가 운다.
말썽쟁이 석홍이가 운다.

하루도 싸우지 않는 날이 없고
툭하면 여자애들을 울려

선생님께 매일 혼나도
울기는커녕
오히려 씨익 웃던 석홍이가

책상 밑에 들어가
눈물을 닦는다
주먹으로 쓱쓱 닦는다.

저 땜에 불려 나와
선생님 앞에서
고개 숙인 아버질 보고.

김도훈(광남초 5학년)

우리 형

동네 아이들에게 놀림받고도
아무 말 못 하는 형이 싫어서 순간 쏴붙였다.
"멍청이, 언청이!"

내뱉은 말은
치타보다 빠르게
매보다 날렵하게
형의 귓속으로 들어가 버렸다.

형은 잠깐 동안
나를 멀뚱멀뚱 보더니
"미, 미안해."
윗입술은 더 올라가 말까지 더듬거렸다.

'내가 왜 이런 말을 했지?'

자신이 미워 엉엉 우는데
형이
가만히 안아 준다.

더 무섭다

학원 빠지고
친구 집에서 놀다
시간 맞춰 집으로 왔다.

"이제 오니? 수고했다."
반갑게 맞아 주던
목소리가 없다.

아무 말 없이
저녁 준비하는
엄마의 뒷모습

조용하다.

벌서는 것보다
더 무섭다.

최원준(양진초 5학년)

덜렁대는 동생

"신발주머니는?"
"도화지 챙겼어?"
"우산도 가져가야지."

아침마다
엄마 목소리가 더 바쁘다.

"학교 다녀 오……."
인사도 하는 둥 마는 둥
신발을 구겨 신고 나가는 동생을
낚아채듯 세우는 엄마

"이런, 바지 지퍼를 올려야지!"

훌륭한 사람은

수업 시간 선생님이
우리 주변에 어떤 훌륭한 사람이
있는지 말해 보래요.

커다란 용광로 앞에서
굵은 땀을 뚝뚝 떨어뜨리는
아빠를,

치매 걸린 할머니 돌보느라
친구 한 번 못 만나는
엄마를
머릿속으로 그리는데,

영식이가 손을 번쩍 들고 말해요.
"우리 반에서 올 100점 맞는 수연이가 훌륭해요."

영식이는
우리 반 꼴찌랍니다.

강아지

시골 할머니 집으로 갔다.

까만 눈동자가 가고
부드럽고 긴 하얀 털이 가고
반갑게 흔들던 꼬리가 가고
멍멍멍 짖던 목소리까지
다 갔다.

고 조그만 강아지가
내 마음도
몽땅 끌고 갔다.

한수빈(구남초 3학년)

늙어 가는 호박

'마딧게 호박죽 해 먹으라.'
할머니의 쪽지를 매달고 온
둥글넓적한 누런 호박

바쁜 엄마 때문에
눈길 한번 받지 못하고

물컹물컹
늙어 간다

할머니 글씨도
얼룩얼룩 번져 간다.

박예빈(양진초 6학년)

책 친구

독서실 옆자리에서 책을 보던
애가
키득키득 웃다가 낄낄거린다.

뭐야?
시끄럽게…….

나도 모르게
눈이
그 애 책 속으로 들어간다.

어느새 머리 맞대고
히히히히……
깔깔깔깔…….

최은수(광남초 5학년)

이름 덕분에

쉬는 시간
교실 바닥에
벌레 한 마리 기어간다.

몰려든 아이들
서로 발을 들어
밟으려는 순간

"돈벌레다! 돈벌레는 죽이는 게 아니래."
누군가의 한마디에
아이들 발이 주춤거린다.

그 사이로
돈벌레
빠르게 지나간다.

시험지가 나서니

"조용히! 조용히!"

선생님이
교탁을 치고 소리쳐도

꿈쩍 않던
아이들.

모두
조용~

시험지 앞에서
눈도 못 돌린다.

벌레 한 마리가

방문 앞에 딱 버티고 앉은
덩치 큰 동생

"좀 비켜 줄래?"
"싫어!"

동생은 툭하면
이렇게 심술부린다

그러던 동생이
"으악! 형, 형……."
다급하게 일어나 내 뒤로 숨는다.

스멀스멀 기어오는
다리 많은 벌레,

벌레 한 마리가
날
형으로 지켜 줬다.

김채현(양진초 5학년)

벚나무 사진 찍기

사람들 뒤로
벚나무가 섰다.

"활짝 웃어 봐요."라는 말에
벚나무 너무 웃었나 보다.

흔들리는 가지마다
꽃잎이

하르르
쏟아진다.

윤서현(신양초 6학년)

사진 찍기

사진 찍을 때면
팔이
손이
어쩔 줄 몰라 한다

앞으로 모았다가
뒷짐을 지었다가
허리에 올렸다가
팔짱을 껴 봤다가

하나
둘
셋!

결국
차렷이다.

이시온(양진초 6학년)

잠 먹는 아빠

쉬는 날

아침에도
냠냠

점심에도
냠냠

저녁에도
냠냠

하루 종일
잠만 먹는 아빠.

가끔씩 일어나
화장실 가면서도
음냐, 음냐……
입맛 다신다.

"아빠,

잠이 그렇게 맛있어요?"

양혜령(위례초 3학년)

으뜸상

방학식 하는 날

"이정희, 성적 우수상!"
"김믿음, 모범상!"
"정한나, 독서상!"

'내 이름은 없을 거야.'
고개를 떨구고
손가락만 만지작거리는데,

"이제부터 으뜸상 받을 사람 부르겠어요.
이수한, 개근상!"
내 이름이 가슴에 날아와
콕 박힌다.

와, 와
박수 소리도 함께 박힌다.

엄만 나를 몰라요?

옆집 영식이가
또 시험에서 일등 했나 보다.

"넌 도대체 잘하는 게 뭐니?"
엄마는 다짜고짜
내 머리를 쥐어박는다.

"인사 잘하지.
심부름 잘하지.
달리기 잘하지.
만화 잘 그리지.
친구들에게 인기도 많지…….
엄만 도대체 나에 대해 아는 게
뭐가 있어요?"

찢기고 부르튼 작은 발이 큰 지도를 만들어 냈다

제3부

발이 그려 낸 지도

같은 색을 입고서

폐지 줍는 할아버지
노란 비옷을 입고서

손수레에게도
노란 비닐 옷을 입혔다

할아버지와 같은 색 옷을 입은
손수레가 신났나 보다

들썩들썩, 펄럭펄럭
옷자락을 휘날리며 빗속을 간다.

조희민(양진초 5학년)

탈 박물관

전철 안
길게 앉은 얼굴들

미소 띤 얼굴
찡그린 얼굴
슬픈 얼굴
화난 얼굴
자는 얼굴
표정 없는 얼굴

탈이
모인 박물관이다.

어?
벙글벙글 웃는
하회탈도 있다
휠체어 탄.

박소윤(화랑초 6학년)

하느님, 제발

몇십 년 만에
강추위가
온다는데

어쩌나
어쩌나

전철 지하도에
웅크리고 자는
노숙자들이 많다던데,

어쩌나
어쩌나

난방도 안 되는
쪽방에
혼자 사는 할머니 할아버지 많다던데,

하느님!
추위를 좀 줄여 주면 안 될까요?
'강'에서 '약'으로.

남한 손, 북한 손

꼭 잡고 있던 손
놓쳤더니
70년을 이산가족으로 살고

놓쳤던 손
다시 잡으니
한 가족이 되었다.

오랫동안 잡지 못한
남한 손과 북한 손,

새끼손가락만
뻗어도 잡을 텐데…….

두 손 모아지길
두 손 모아
기도한다.

김단아(광남초 5학년)

천 원 한 장

추운 날, 지하철 계단에서
맨발로 떨고 있는
장애 아저씨

앞에 놓인 동전 몇 닢도
추워 보여요.

주머니 속
천 원 한 장

바구니에 넣었더니
팔랑팔랑
손 흔들어요.

발이 그려 낸 지도
― 김정호의 대동여지도

수십 년을
걷고 또 걸었다.

수십 년을
건너고 또 건넜다.

백두산과 한라산을
두만강과 낙동강을 이으며
쉬지 못한 발,

마침내
땅 끝에 섰다.

찢기고 부르튼 작은 발이
큰 지도를 만들어 냈다.

우린 그 안에서
편한 발로 걷는다

하느님의 선물

키 큰 꽃
키 작은 꽃
화려한 꽃
수수한 꽃
향기 있는 꽃
향기 없는 꽃
비바람에 강한 꽃
비바람에 약한 꽃

굽어 있어도 예쁜 꽃
누워 있어도 사랑스런 꽃

세상의 모든 어린이 꽃.

양혜주(위례초 6학년)

화살표

지하철 통로에서 만나는
수많은 화살

→ 동대문 방향
← 서울역 방향
↗ 화장실
↖ 계단
⇑ 우측 통행
⇓ 좌측 통행
⇐ 1, 2번 출구
3, 4번 출구 ⇒

화살 맞은 사람들은
편안히 가는데,

화살 피한 사람들은
그 안에서 오르락내리락
뱅
뱅 돌아다닌다.

새 식구

외투에 단추 하나가 떨어져 없다.
엄마는 생김새와 색깔이 조금 다른
비슷한 단추를 찾아 달아 줬다.
외투의 한 식구가 되었다.
이제
찬바람 스며들지 못하게 함께 힘쓰겠다.

채예빈(광남초 5학년)

기다리는 책들

책장 안에서
일 년을 기다리고
이 년을 기다린다.

바람 한 번 쐬지 못하고
먼지만 꾸역꾸역 먹더니

낯빛은 누르스름하고
똘망똘망하던 제목의 눈빛은
흐리멍텅해졌다.

컴퓨터 게임 총소리에 놀란
몇몇의 책은
아예 드러누워 버렸다.

잃어버린 별

"저 별인가?
 아니, 저어기 큰 별인가?"

아빠가
하늘나라로 간 뒤

날마다
밤하늘을 헤치는
할머니.

선풍기

가을에도
쿨쿨

겨울에도
쿨쿨

봄이 돼도
쿨쿨

잠만 자는
잠꾸러긴 줄 알았는데

작은 날개로
여름을 시원하게
잘도 돌리네.

너, 남몰래
힘 키우고 있었구나.

김지윤(British School in Netherlands 3학년)

엄마 마음

엄마랑 시장에 왔다.
깨끗이 씻고 나온 무들이 손님을 기다린다.
옆엔 덕지덕지 흙 묻은 채 나온 무들이 아무렇게 쌓여 있다.
그런데 더러운 무 앞으로 모여드는 엄마들.
흙 묻은 개구쟁이를 씻어 주고 싶은 걸까?
우리 엄마도 뽀득뽀득 씻어 줄 무를 고르고 있다.

상민 오빠

— 장애 복지원에서

혼자 앉지도 못하고
혼자 밥도 못 먹고
늘 기저귀 차고 누워만 있다.

오빠를 업고
창밖 나무와 꽃을 보여 줬다
"으흐흐…… 으흐흐……."
몸을 비틀며 좋아한다.

욕심 부릴 줄도 모른다
미워할 줄도 모른다
그래서일까?

열두 살 몸이
가볍다.

흑표범은 꼭 먹을 만큼만 사냥하지

제4부

따뜻한 밥상과
인디언 할아버지 이야기

따뜻한 밥상

아빠 병간호 때문에
아침상을 차려 놓고
나간 엄마.

'밥 꼭 먹고 학교 가.'
밥상 위에
쪽지도 올라와 있다.

밥뚜껑 위에
두 손을 얹었다.

따뜻하다.

최지연(선린초 4학년)

밥값

암탉은 달걀로
양은 털로
젖소는 젖으로

밥값을
내놓는데,

나무는 열매로
꽃은 향기로

밥값을
내놓는데,

나는
무엇으로
밥값을 내놓을까.

돼지 저금통이 간다

네팔의 빈민가 아이들
하루 세 끼 먹을
1650원이 없어 굶는다.

힘이 없어
앉지도 못하고
힘이 없어
울지도 못하고
힘이 없어
신음 소리조차도 못 낸다.

배부른 돼지 저금통
밥심 주러
배고픈 아이들에게 간다.

귓밥

귀가
말밥을 먹는다

단 말
쓴 말
신 말
매운 말
섞어서 먹고
볶아서 먹고
튀겨서 먹는다

너무 많이 먹어
체했나?

밖으로 토해 내는
말밥 뭉치.

꿀밥

봄꽃
피니

벌아, 좋지?
나비야, 좋지?

갓 지은
싱싱한 꿀밥 가득하니까.

김가인(양진초 5학년)

체로키 인디언 할아버지에게 듣는 인디언 이야기

1. 흑표범의 사냥

배고픈 흑표범의 눈 좀 보렴
저 희뜩거리는 눈을.

드디어 사냥감을 보았구나
사슴의 무리 속으로 쏜살같이 달려가네.

잡힌 저 사슴은
무리 중 가장 느린 놈이었을 거다.

흑표범은 절대 빠르고 강한 놈은 잡지 않아.
강한 놈이 새끼를 낳고, 또 낳아야
계속해서 사냥이 가능해진다는 걸 알거든.

또한 사냥감이 주변에 많이 있어도
꼭 먹을 만큼만 사냥하지.

사람들처럼
욕심내는 일이 없지.

홍채연(목운초 3학년)

97

2. 선물 받을 자격

우리는 선물할 때
상대방 눈에 잘 띄는 곳에 놓아 두고
조용히 간단다.

'내가 선물 받을 자격이 있나?'
받을 사람은
곰곰이 생각해 보지.

'이 정도는 받아도 좋아!'
하고 생각하면 가져가고,
'아니야!'
라고 생각되면 그냥 놔두지.

선물 받은 사람은 좋아서
다른 사람에게 보여 주거나 자랑하는 일은 없어.
자랑은 어리석은 사람이나 하는 짓이거든.

3. 산의 소리

우리들은 알지.
산을 놀라게 하는 소리들이 어떤 것인지.

그래서 산속에서
큰 소리로 노래 부르거나
떠드는 일이 없지.

사사사……
졸졸졸……
바스락……
호로롱……
산의 소리들.

우린
그 소리 톤과 같은
목소릴 낼 수 있단다.

산의 톤으로 이야기하면
물소리같이
바람 소리같이
산의 소리가 되어
산이 놀라는 일이 결코 없지.

4. 백인들은 왜?

백인들은
왜 이 땅에서
우릴 내몰려고 하는 걸까?

어머니의 어머니
그 어머니의 어머니……
아버지의 아버지
그 아버지의 아버지……
몇백 년을 이어 살아왔는데.

땅은 어머니야.

우리의 어머니지.

어머니의 젖을 먹고
풀이 자라고 꽃이 피고,
나무가 굵어지고…….

어머니의 품에서
새들이 노래하고, 노루가 뛰놀고
곰이 잠들고…….

우리도
친절하고 부드러운 어머니 가슴 위에서
구두는 벗어던지고
맨발로 따뜻한 온기를 느끼며 살아가지.

난 절대 이해할 수 없구나.
우리 어머니의 땅에서
왜 우릴 쫓아내려고 하는지.

5. 모드와 링거

'모드'라는 개가 있어.
냄새는 잘 맡지 못하지만
귀가 밝아 먼 소리까지 잘 듣지.

'링거'는 뛰어난 사냥개야.
지금은 나이 들어
잘 보거나 듣질 못하지만.

나는 사냥할 때
모드와 링거를 꼭 데리고 다녀.

냄새도 못 맡고,
보지도 못하고
듣지도 못하는 개들을
왜 데리고 다니냐고?

그건 여전히

자신들이 소중하다는 걸
느끼게 해 주기 위해서지.

내가 산에 오를 때면
녀석들은
'컹! 컹!' 짖으며
앞질러 힘차게 뛰어간단다.

이승제(영훈초 6학년)

6. 죽은 사람들

사람들 중에는
죽은 사람들이 참 많단다.

나쁜 것만 찾아내고
나쁜 것만 보고
나쁜 것만 말하고
나쁜 짓만 하고.

나무를 보면서도
아름답다고 느끼지 못하고
돈 덩어리로만 보는 사람.

이런 사람들이
걸어 다니는 죽은 사람이란다.

7. 꿀벌

꿀벌은
참 어리석어.

먹을 만큼 꿀이 모아졌는데
또 꿀을 모으고
필요한 만큼 모아졌는데
또 꿀을 모으지.

넘치는 꿀을 보고
곰이 와서 몰래 먹어 버리고,
사람이 와서 몰래 가져가 버리지.

꿀벌은 그것도 모르고
쌓고 또 쌓고……
모으고 또 모으고……
평생 일만 하지.

심재민(영도초 6학년)

* 체로키 인디언 : 북아메리카의 원주민으로, 19세기 후반 오클라호마의 원주민 보호구역으로 가혹한 강제 이주를 당했으며, 이때 수많은 사람들이 죽었다. 지금은 약 25만 명의 체로키 인디언들이 서부와 동부로 분산되어 살고 있다.

동시 속 그림

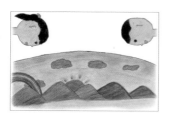

신승연(광남초 5학년)

김선민(양진초 5학년)

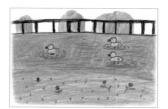

류하진(American School of the Hague
2학년)

문채영(광남초 5학년)

이하진(British School in Netherlands
3학년)

박예준(토평초 2학년), 박예본(토평초 5학년)

장윤서(동자초 4학년)

김지윤(고명초 5학년)

김도훈(광남초 5학년)

최원준(양진초 5학년)

한수빈(구남초 3학년)

박예빈(양진초 6학년)

최은수(광남초 5학년)

김채현(양진초 5학년)

윤서현(신양초 6학년)

이시온(양진초 6학년)

양혜령(위례초 3학년)

조희민(양진초 5학년)

박소윤(화랑초 6학년)

김단아(광남초 5학년)

양혜주(위례초 6학년)

채예빈(광남초 5학년)

김지윤(British School in Netherlands
3학년)

최지연(선린초 4학년)

김가인(양진초 5학년)

홍채연(목운초 3학년)

이승제(영훈초 6학년)

심재민(영도초 6학년)